OEUVRES

DE

CARRIER-BELLEUSE

CATALOGUE

DES ŒUVRES

DE

CARRIER-BELLEUSE

MARBRES

ET

TERRES CUITES

DONT LA VENTE AURA LIEU

HOTEL DROUOT, SALLE N° 8

Le Lundi 21 Décembre 1874

A DEUX HEURES

COMMISSAIRE-PRISEUR	EXPERT
M° CHARLES OUDART	M. ÉMILE BARRE
31, rue Le Peletier	20, Chaussée-d'Antin

Chez lesquels se trouve le présent Catalogue

EXPOSITIONS, SALLES N°ˢ 8 ET 9

PARTICULIÈRE	PUBLIQUE
Le Samedi 19 Décembre	Le Dimanche 20 Décembre

CONDITIONS DE LA VENTE

Elle sera faite au comptant.

Les acquéreurs payeront *cinq centimes par franc*, en sus des enchères, applicables aux frais.

MARBRES

DÉSIGNATION

GROUPES

1. — La Tempérance.

Marbre de Crestola.

Hauteur : 0^m,85.

2. — L'Amour désarmé.

Marbre de Crestola.

Hauteur : 0^m,80.

3. — L'Innocence tourmentée.

Marbre de Crestola.

Hauteur : 0^m,85.

4. — La Confidence.

Marbre de Saravezza.

Hauteur : 0^m,75.

5. — Les deux Amours.

Marbre de Crestola.

Hauteur : 0^m,80.

6. — L'Enlèvement.

Marbre de Crestola.

Hauteur : 0^m,80.

7. — Baiser d'amour.

Marbre de Crestola.

Hauteur : 0^m,65.

8. — Sommeil de l'Amour.

Marbre de Crestola.

Haut , 0^m,40. Larg., 0^m,60.

9. — Heures du jour, corbeille.

Marbre de Crestola.

Hauteur : 0^m,90.

STATUETTES

---

10. — Amazone.

Marbre de Carrare.   Hauteur : $1^m,00$.

11. — Liseuse.

Marbre de Crestola.   Hauteur : $0^m,80$.

12. — Psyché.

Marbre de Crestola.   Hauteur : $0^m,60$.

13. — Érigone.

Marbre de Crestola.   Hauteur : $0^m,80$.

14. — Angélique.

Marbre de Crestola.   Hauteur : $0^m,80$.

15. — Bonne saison.

Marbre de Crestola.

Hauteur : 0^m,60.

16. — Printemps à la couronne.

Marbre de Crestola.

Hauteur : 0^m,80.

17. — Enfant, support de vase.

Marbre de Crestola.

Hauteur : 0^m 50.

18. — Le Pendant.

Marbre de Crestola.

Hauteur : 0^m,50.

19. — Le Nid.

Marbre de Crestola.

Hauteur : 0^m,60.

BUSTES

---

20. — Le Printemps.

Marbre de Crestola.

Hauteur : 0^m,60.

21. — L'Automne.

Marbre de Crestola.

Hauteur : 0^m,60.

22. — Rose de mai.

Marbre de Crestola.

Hauteur : 0^m,70.

23. — Margaretta.

Marbre de Crestola

Hauteur : 0^m,70.

24. — Soucieuse.

Marbre de Crestola.

Hauteur : 0^m,85.

25. — L'Éveillée.

Marbre de Crestola.

Hauteur : 0^m,85.

26. — Boudeur.

Marbre de Crestola.

Hauteur : 0^m,40.

27. — Rieuse.

Marbre de Crestola.

Hauteur : 0^m,40.

28. — Rembrandt.

Marbre de Crestola.

Hauteur : 0^m,60.

29. — Albert Durer.

Marbre de Crestola.

Hauteur : 0^m,60.

30. — Michel-Ange.

Marbre de Crestola.

Hauteur : 0^m,60.

31. — Raphaël.

Marbre de Crestola.

Hauteur : 0^m,60.

32. — Souvenir.

Hauteur : 0^m,50.

33. — Regrets.

Hauteur : 0^m,50.

34. — Le Lys.

Hauteur : 0^m,50.

35. — Soucieuse (réduite).

Hauteur : 0^m,60.

TERRES CUITES

**

GROUPES

45. — L'Innocence tourmentée.

46. — Les Heures, pendule.

47. — Les Heures, corbeille.

48. — Bacchante au Terme.

49. — Léda.

50. — La Colombe.

51. — Baiser d'amour.

STATUETTES

---

60. — Le Pendant.

61. — Printemps, couronne.

62. — Érigone.

63. — Liseuse.

BUSTES HISTORIQUES

---

64. — Rubens.

65. — Van Ostade.

66. — Vélasquez.

67. — Murillo.

68. — Michel-Ange.

69. — Raphaël.

70. — Rembrandt.

71. — Albert Durer.

72. — Dante.

73. — Virgile.

74. — Mozart.

75. — Beethoven.

76. — Marie-Antoinette.

77. — Madame de Lamballe.

78. — Souvenir.

79. — Regrets.

80. — Le Lys.

81. — La Grecque.

82. — Marguerite des champs.

BUSTES ORIGINAUX

(Grandeur nature)

83. — Mariée de village.

84. — Vestale.

85. — Manuela.

86. — Le Voile.

87. — Carmon.

88 — Annunziata.

89. — Fleur d'eau.

90. — Rose-Pompon.

91. — Fleur de mai.

92. — Anella.

Avec bras.

93. — Marguerite et Faust.

Avec bras.

94. — Italienne.

Étude.

95. — Rose du soir.

96. — Camélia.

97. — Bacchante.

98. — Lilia.

99. — Bella rosa.

100. — Gretchen.

101. — Poésie.

102. — Vigne vierge.

103. — Boudeur aux Lierres.

104. — Rieuse aux Liserons.

105. — L'Hiver.

106. — Le Printemps.

107. — Princesse.

108. — Fiancée d'Alsace.

109. — Marquise.

110. — Chrysanthèmes.

111. — Florine.

112. — Belle de nuit.

MODÈLES ORIGINAUX

VENDUS

AVEC DROIT DE REPRODUCTION

BAS - RELIEFS

---

113. — La Paix.

114. — La Guerre.

Esquisses, modèles en plâtre.

115. — Sainte Anne et le Divino Bambino.

Haut-relief en terre cuite.

116. — Pomone.

Groupe en terre cuite.

PARIS. — J. CLAYE, IMPRIMEUR, 7, RUE SAINT-BENOIT. — [2134]

www.ingramcontent.com/pod-product-compliance
Lightning Source LLC
LaVergne TN
LVHW010233060726

842519LV00014B/1223